詩集

蓮根譚

細島裕次

目次

I

まえがき或いは詩歌に就いて

雲の草原でうっとりと
るりるりるりるりるり
と　声を滾《たぎ》らせている
ヒバリの舞い降りた青いあおい麦
の群がりをいくら探したところで
その円かな巣も
そばかすの卵も
その卵にまぎれた
燃えたつ朝の宝石も
見つかりはしない

人生と
詩歌も
このように在って
迷っているうちに
一生が終る

* bug

英語を初めて習ったのは
英語おじやんと呼ばれる
片翼だけの天使からだ
彼は　わが家の近くの山
にひとりで棲んでいて
食物がなくなってしまうと
ふもとの家家を尋ね歩く
頼まれると
当時は珍しかった英語を教えて
残飯やゆでた芋等を貰って帰る

ぼくの家にもやって来て
破れを繕った背負い籠を降ろすと
襤褸《らんる》蓬髪《ほうはつ》の痩せこけた軀《からだ》を屈めて
細い骨のような枯枝で
大地へ異国の言葉を書く
a は apple
林檎のように世界は　甘く馨《かぐわ》しく
でも　どこか黒ばみ腐っている
b は boat
たまに祭りの余りの安酒を頂戴すると
酔いどれボートが走りだす
「ヨコハマからふねにのって……」
と　独りごちる

そのふねは　boat から ship になって
そのうち　沈没してしまった

男は　大学を出て
米国留学までして
教師になり授業中
突然おかしくなった
勉強しすぎて
明晰だった頭脳のプログラムが毒虫に蚕食されてしまったのだとか
同僚の人妻に失恋して気が触れたのだとか
さまざまな噂が流れた

さまよいさすらい老いさらばえた男
を深く冷たく洞窟の闇が迫害する

その空洞をそっくり空へ伸ばせば
静かな祈りの塔となるはずなのだ
が　男の塔はいつも悔恨《かいこん》に喰い荒らされて
穴だらけの醜悪な蟻塚に堕してしまうのだ

身も心もボロボロになった男は
洞窟の壁をじっと見つめている
そうして　そっとつぶやく
c は cup
人生のカップから
夢も希望も溢れ出て
abc はやさしくても
z に辿り着くまでに
迷子になって

苦悩で胸が張り裂けそうになって
思わず叫んでしまう
壁の向うへ　汽笛を鳴らしながら
アメリカへ遠ざかってゆく幻の船へ
おーい　お願いだから待ってくれ　と

＊コンピューターのプログラム（ソフトウェア）の不都合なところ。「バグる」と動詞にも用いる。「虫」の意。（『現代用語の基礎知識 2017』〈自由国民社〉）

コワレモノ注意

いつもぼんやりしている僕は
出勤途中に
うっかり橋桁《はしげた》に激突して
車は　ぐしゃぐしゃだ
エア・バックの花が咲いて
さっきまで聴いていた
ルイ・アームストロングの
What a wonderful world
が　頭の中で鳴りっぱなしだ

あたりは　田園地帯
のんびり雲雀がさえずり
田圃で耕運機が　のたりのたりと
陽気に鼻唄をうたっている
遠く山桜が腸《はらわた》のように霞んでいる
変に静かに晴れていて
バチバチ火の雨が降ってくる
草木が緑に燃えている
向うの花が紅く燃えている
曲がりくねった道が白刃《はくじん》のように光る

一瞬にして　車も
青空もぐしゃぐしゃに潰《つぶ》れて
この世ならぬ

奇妙な光に包まれて
僕は呆然《ぼうぜん》と立っている
一個のコワレモノとして

pass away

昔　私の家には深い井戸があって
涼しく澄んだ水が白雲を写し　また
儚《はかな》い雲を波立たせて魚が泳ぎ回った

田圃も畑もない渋谷 Bunkamura で
映画「秘密の森の、その向こう」*
を観ていたら　遙か昔の
私の母の家出に遭遇した気がした
水呑み百姓の父は　祖父同様怠け者で
野良《のら》仕事を母に任せて

パチンコに狂っていた
祖父は闘鶏に惑溺《わくでき》していたから
ギャンブル狂は遺伝なのかもしれない
今は無くなってしまった門前《もんぜん》の映画館で
父に置き去りにされた少年の私《わたし》は
切った張ったの時代劇を観ていた
父は　バイクを運転して少女を轢《ひ》いて
母や祖母と切った張ったを演じていた

どうしようもなくなって　母は
世間という狭い井戸を脱け出し
汗まみれになって村を過ぎ
泥まみれになって田畑越え
ゆくりなく魚になって

温帯モンスーンの暗澹《あんたん》たる泪の中を
ゆらゆら泳いでいく
赤い橋の下へ
遠い川へ会いに行く

女には
秘密の森があり　笹舟のように
川に浮かべる乳房があり
涙を捨てる　鍋釜がある
男どもは闘いに行ったきり帰って来ない

＊セリーヌ・シアマ監督作。

風へのオード

1

ボッシュの「楽園」の
球体の夢の胎児の
ひどく苦い根茎の
タンポポの綿毛の
天国への地獄の細道に吹く
風のひとつひとつに
名前を付けよう

例えば

雨月
イソシギ
青海波
Over The Rainbow
名前を与えることは　即《すなわ》ち
失ったものを取り戻す事だ

2

地球上で一番危険なのは人間であるが
その人間が運転する「危」「毒」の看板のある
トラックが　令和の今も
塚田銃砲店前を通過する
「昭和四十六年二月十七日午前二時頃、栃木県真岡《もおか》市の塚田銃砲店に『電報です』といつわって家人に戸を開けさせて侵入した犯人たちが家人を縛り

あげ、レミントン自動五連散弾銃など十一挺、十二番ゲージの散弾など弾
薬約二千八百発を奪って逃走する」※1
世のため　人のため　革命のため
これらの銃器が　火を吐いたのが
テレビ視聴率90%のあの浅間山荘事件だ
警察官二名及び民間人一名が死亡
二十七名が負傷　そればかりか
連合赤軍のメンバー十四人が
革命戦士の資質に欠ける
という理由で「総括」――
殺害され山中に埋められた
事件後　浅間山荘の人質牟《む》田《た》泰子《やすこ》さんが
テレビのインタビューに
「連合赤軍メンバーは大事に扱ってくれた」

と答えてインタビュアーに
「事件で死んでる人もいるのに」
と　窘《たしな》められた
その牟田さんが最後まで握りしめていた
のが　リンゴだ
このリンゴから
すべてが始まり
すべてが終わる

3
私《わたし》が住む「東大島《ひがしおおしま》」
の「オオ（オウ）」は
「墓地」※2の意味だ
畑のはずれ

幽明の山中
空中でさえ
墓地になる
南方の湿った風に乗って漂着した
ツバメが　青田の空に描く抛物線《ほうぶつせん》
は　カタストロフを孕み
ツバメの喉の色は　くすんだ赤色
切り裂かれて乾いた血の色である
「じーい　じーい　じじ」
メスがオスを呼ぶ
オスがメスへ叫《おら》ぶ

4

遠くに祭囃子が軽やかに湧きだして

だんだん近づいてくる
春風のように飄飄《ひょうひょう》とした音の横笛は
リュウイチ少年のものだ
その笛には　稲妻の亀裂が走っていて
この世界の不協和音をかすかに奏でる
少年が笛を吹くのは　自分の為だけでなく
笛を教えてくれたシゲ爺を思い出すことで
亡くなった爺が今も生き続けられるからだ
音の小さな波がたくさん集ると
大きなうねりとなって天地をとよもす
生者も死者もなく歓喜するエナジー
光と影で森羅万象《しんらばんしょう》をまだらに染めて
深山幽谷を跋渉《ばっしょう》し
大海沼沢を遊行《ゆぎょう》する

龍虎相博《りゅうこそうはく》の風の祭りよ
火男《ひょっとこ》の仮面を被った男が
ひょうきんな踊りをする
くねくね腰を前へ突き出して
目交《まぐわ》いのあの天宇受売命《あめのうずめ》の踊りを真似る
ドッと女たちが笑う
世界は女たちの腰の上で踊っている

5

祭りの酒に酔ったヨッパライが
よしなし唄をうたいだす
「お月さんいくつ
十三七つ
まだ年ァ若いね

茨の蔭でねんねこを生んで
おまんにおぶせた
おまんはどこ行った
油買いに茶買いに
油買ってどうした
白犬と黒犬が皆なめてしまった
その犬どうした
その犬殺して太鼓に張った
その太鼓どうした
どどんどこどん
あっち向いちゃどこどん
こっち向いちゃどこどん」※3

6

鞄にドストエフスキーの『罪と罰』を入れて
高校生の私は塚田銃砲店前を通って登校した
その店が今は更地になって荒れ放題
水色の風が吹くとホウセンカが咲く
やがて実が銃弾のようにはじけとぶ
その花言葉は
「わたしに触れないで」

ここ「真岡《もおか》」の語源は
アイヌ語の「風の道」
ここに吹いた風は
百の道　千の道となって末枯《すが》れゆく
かつて失業中に　私は
どこにも行く場所がなくて

空っ風に吹かれていたら
かすかに枯葉の味がした

どのみち私たちは
放浪するしかない
青い鳥のいない鳥籠をぶらさげて

7

あの塚田銃砲店の家族は
ガタガタ鳴る戸の音にもおびえ
PTSDに苦しみ
親戚のいる東北へ移住したと聞く
あの天《あま》の岩戸の暗がりにも
SWITCH《スイッチ》

ON《オン》

あれから四十年
東日本大震災を生き延びたのか
あの家族はどうしているだろう
高台に避難して　真夜中
ドラムカンで火を燃やして
遠い海鳴りが耳に轟《とどろ》くと
どよめくこの地上ごと
どこかへ掠《さら》われていく思いがするだろう
かなしめば
うずくまる真岡《もおか》の岡が
まるくひかる
「雁《かり》は卵生《こむ》らし」※4

8

いつの時代にも
いたるところに傷があって
かさぶたのように地名が残っている

祖父は　怠け者の百姓で
いそやまの蔭で博打三昧
軍鶏《しゃも》は　勝てば旨い餌を貰えるが
尻尾を巻いて逃げればシメられる
家の裏の柿の木に　逆さに吊され
頸《くび》を掻《か》っ切られてたらたらたらたらり血の眼《まなこ》……
固くて噛み切れない軍鶏の肉に
チャーリー・チャップリンの映画の

ぐつぐつ煮ても噛み切れない革靴重ねつつ
滅多《めった》に口に出来ない肉に喰らいついた
闘鶏のほかは釣り三昧《ざんまい》の祖父は
しまいには食道癌を患った
「おめえらばっかし
うめえもん喰いやがって」
大好きな饂飩《うどん》を食せぬ怒りの祖父が
油照りの無風の真昼の湿った蒲団で
汗まみれの毒まみれの言葉を吐く
祖父は　釣ったフナやウグイやナマズ
を竹串に刺して囲炉裏の火で炙《あぶ》ったものだ
最後は　死の串で生命の柔な中心部を
グッサリ突き刺されて息絶えた

いそやまの中腹は　大島石
の今は捨てられた石切場だ
頂には　爆弾三勇士碑
が横倒しになったまま
枯葉に埋もれている
槿花一日の栄という言葉を想う
空っ風に　枯草が死者のように
白くしなしなと手を振っている
今は　氷のような光を拾って
生きていこう
缶コーヒー wonda を飲めば
私の心は　wander（さまよう）
自転車のペダルを漕いで
もう少し故郷を旅しよう

キーキー　セピア色の風景を軋《きし》ませて
春になったら　鬱勃《うつぼつ》たる大地のボサノヴァを聴きながら
どんなに踏まれても枯れない風草《かぜくさ》を嗅《か》いで
新しい風を摑《つか》もう

※1　佐々淳行『連合赤軍「あさま山荘」事件』（文藝春秋）
※2　筒井功『葬儀の民俗学』（河出書房新社）
※3　下野の古謡
※4　西宮一民校注『古事記』（新潮社）。「日本で産卵しない雁が産卵したという珍しさが瑞祥となる」（二一八頁）

Ⅱ

フォックス・フェイス

気分がいい午後に
余命数ヶ月の母は
膵臓を病んで衰えた老体を鼓舞して
ステッキを片手におろおろ歩く
そして　その母に
黄色く微笑みかけるのは
畑に頭だけ整列している
フォックス・フェイスだ

いちめん光は水晶のように澄みわたり

山も川も　じだらくの夏から解放されて
その中心に生気を取り戻している
とぼとぼ歩く母親　小径の両側に
赫く曼珠沙華が篝火《かがりび》を焚いている
それは　一度通ったら二度と戻れぬ
門のようだ

この西国の花が尽きると
茫茫たる青芒《あおすすき》の野原だ
その鋭い葉が
長く伸びた刃のように
ギシギシと風を切りこまざいて
蒼い血を流している
一歩　又　一歩

垂乳根《たらちね》の母の歩行は
生の中に死を見いだそうとすることなのか
それとも
死の中に生を見いだそうとすることなのか

花野へ離れゆくおのが魂を追いかけるように気ばかりあせって
異界へ足を踏み入れた者の険しい表情で
母親は　眼の前を不登校の少女が
犬を連れて通り過ぎるのを
見ているはずなのに気づかない

背後に迫る
フォックス・フェイスの群れが
いやキツネの群れが

宙返りしては哄笑《こうしょう》している
ひとの営みを　みんな
虚しいと笑っているのか
「貧乏でも幸せだっぺな」
貧に産れ　貧に死んでいく
母の口癖だった言葉が旗となって
激しさを増してくる風の中で舞う

遠くなって
枯色に染まって
母が小さくなって
もう
動いているのか
石になってしまったのか

それさえ分からなくなった
山裾に煙りが　白く
一筋立ち昇って
揺れて歪《ゆが》んで　一心に
天へ分け入ろうとする

自撮り

遺された妻のスマホ
のおびただしい自撮り画像を見て
なぜ同じような写真ばかり撮った
のだろうかと理由が分からなかった

「アトモウスコシデ死ヌンダカラ」
という妻の訴えに返す言葉が無かった
病床にあって死期が近づいている子規
の嘆きの手紙に対して　漱石は
「蛙のやうにヘタバッテ居る奴を後ろから

抱いて倒そうとする」
と　レスリングの滑稽ぶりを描いて
笑いの一本を取ろうとする
私も　愛の関節技の一つも掛けてやればよかったのか?

他人の死は笑えても
自分の死は笑えない
酸素吸入の管を鼻に付けて
死への恐怖と不安が貼りついた顔
の妻の画像が津波のように押し寄
せてくるくるくるくるくるくるう
ヒロコワタシヒロコワタシ
ワタシヲワスレナイデ
　ヒロコ

ワタシヲ
　ワタシヲ
　　ワタシ
　　　ワタ
　　　　死

この世の大空へ
あの世がはみだして　かりそめの
虹がある　かぎりなく美しく輝いて
虹の帯にあの顔が笑顔になって写っている

冬の旅

1

切干のちりちりちぢむ関東に頭腐りし大根あまた

2

James Joyce の Finnegans Wake の
Wake には　通夜と覚醒の両義があって
おれは　二十年間お通夜だった
空っ風の家
砂利の寝床
で不眠を託《かこ》つおれは　腐った頭の

ごろつきの
うろつきの
月に吠える犬だ
しらじら明けても
しんじつ目覚めることもなく
羊歯の葉の思弁の滴りもなく
充血した花粉の森
の暗い旅があるばかりだ

3

少年時代の冬の日
群雲が　重く垂れ下がり
藁屋根の斜《なだ》りの裾　北面の暗がりに
この世の微塵とかの世の幽冥の入り混じった

つららが　地獄の鋸《のこぎり》の刃のように小暗く並んでいた
つぎつぎつららをぶっかいては
「アイスキャンディだっぺな」
と　友達とはしゃいでいた
淋しい太陽に貧困と無垢が透けて
光っていた

4

老いぼれた今では
誰かにぼこぼこにされて
力なく日向ぼこをしてる
(充電シテクダサイ)
(シャットダウンシマス)
スマホが　おれに　告げる

◎（渦巻あるいは謎《エニグマ》）

5

冬眠か金魚白金の降《くだ》り龍

6

或る晴れた冬の日に
畳の部屋に浮遊している
うす汚れた塵がダイヤモンドに見えた
めくらましの幸福から
どのくらい遠いのか
どのくらい近いのか
冥土は？

7

「炬燵で寝てると風邪ひくわよ」
と　叱ってくれる妻はもういない
妻が生きているうちは
つまらぬ事で喧嘩ばかり
無性に憎らしかったのに
今は　しきりに会いたい

8

黒バッグ皆 Uber Eats に見えてくる斜《かし》ぐ背中は断崖のごと

9

人も街も山も川も海も風も
歌っている

ララバイからレクイエムまでの
ラプソディ・イン・ブルー
おれの老いの耳に棲み
春夏秋冬しきりに鳴いている

蟬
シーシーと呼ぶ声が
詩―志と聞こえるのは
叱咤《しった》なのか慰藉《いしゃ》なのか
いつか花の下で死にたいものだ
おれの交響曲X番の
ドレミファ
空《ソラ》
死《シ》
土《ド》

ごちそう

今日で世界が終わりだと言うが
怒ったところで魚一匹釣れない
嘆いたところで鳥一羽獲れない

豊饒の闇にカッカと火を起こして
作るとっておきの不死鳥の卵焼き
ぶつぶつ釜が呟く神の生誕に立ち合ったら
味噌汁は　みみらくの三つ葉をひとつかみ

「いただきます」

あしたは
わたしが
ごちそうになる

神さまへの手紙

神さま
ぼく　よなかにみちゃったんだ
パパとママがこどもみたいにないてるのを
なんだかむずかしいびょうきで
ぼくはあとはんとししか
いきられないらしい
パパとママがこどもになっちゃったから
こどものぼくがパパとママになるんだ
ぼくはないたりしないよ
ないたって　なみだで

あおぞらがぐじゃぐじゃになるだけだから
ぼくはブロックでいろんなものをつくるのがとくいだから
はんとしたったら
ブロックのひこうきにのって
ジャングルでもなんきょくでもどこへでもいける
いのちのうみがきらきらかがやいて
ぼくはひとりじゃない
じいちゃんもばあちゃんもむかえにきてくれる
おおきくなったなあ
ってぼくのあたまをなでてくれるよ
びょうきをなおしてくれなくても
うらんだりしないよ
びょうきがぼくなんだから
せかいもびょうきなんだから

禁色《きんじき》

滴るばかりの万緑の風景
に置かれた天秤ばかりの
ような赤い橋を渡っていくと
山の麓の斜面が
白波に覆《おお》われたように
藤の花が　咲いていて
むせかえるほどの芳香
をあたりへ放散し瀰漫《びまん》している

日影ばかりの村の

人がめったに訪れない山奥に
登り窯の煙りが立ち昇って
白い蛇のような炎と
黒い蛇のような炎が
絡まり纏《もつれ》合って
窯変する

この世には
越えてはならない橋と
結ばれてはならない男女が在って
昼となく夜となく
業火にその身を焼かれて
苦悩だか歓喜だか判然としない声
が　夏の扉から漏れてくる

そんな男と女が　背中合せに
生きながら葬られて　人柱となって
件《くだん》の赤い橋を守護している
橋のむこう
善も悪もなく　兄も妹もなく
混沌とした緑の爆発する場所に
馥郁たる白藤が　津波のように
押し寄せてくる
光っている
卍

Ⅲ

白い家

小さな爆弾を　鋭い爪の
北風騒ぐ庭の隅に埋めたら
いつしか　ゆらゆらと
カサブランカ
白いひとがあらわれた
初夏《はつなつ》の風に巨大な尻をくねらせて

子供の頃は
突兀《とっこつ》たる山に見えていた人生も
中年過ぎれば

スカスカのスポンジのように頼りない

アルコール依存症の
三度の離婚　四人の子持ちの
シングルマザーの
カサブランカのような女の
掃除婦の作家の小説を読む

「シーツについた精液とブルーベリージャム。バスルームには競馬新聞と煙草の吸殻。」

たっぷりの愛と
すこしだけの酒
求めるものは　単純なのに

なぜか真逆に複雑になってしまう人生
コカインに汚れた鏡
傷やへこみのあるテーブルを
掃除婦の天使は磨く　手の皮が破れて血が滲《にじ》み流れて青空が血まみれになるまで

「にっちもさっちもいかなかったら、波止場の端まで行ってお互いを撃とう」

この小説のページの余白を
シロアリが這い回る
酔いどれの老いぼれのおれのように
家を喰い潰して
尻から砂のような糞をひねり出して
建てる

白い家《カサブランカ》或いは
虚しい詩

註　引用は、ルシア・ベルリン、岸本佐知子訳『掃除婦のための手引書』（講談社）より。

奇妙な部屋
――エミリ・ディキンスン寸描

ひとりは　さみしい
ふたりは　うるさい

ニュー・イングランドの隣人のように
信仰告白を強いる教会はよそよそしい
その高く尖った塔のそばを
エミリの碧緑の川が流れる
乙女の長くたなびく髪のように水草が揺れて
あさみどりの水草の詞藻の間《あわい》に知性の魚鱗が閃《ひらめ》く
衰え干上がった川床に長長と横たわるのは

白皚皚《はくがいがい》たる岩礁か南北戦争の死骸の幻影か
暗い澱みの深みから放たれるのは
嫉妬や高慢や虚無の芬芬《ふんぷん》たる悪臭

死ねば無一物
生きるには
紙とペンがあればいい
白い紙は
神のまします天上の雲
秋になれば
果樹園の林檎も紅く光る
これまでエミリが生きて喪失した
恋のさざなみがソナチネを奏でる
こともあったが　いずれ

詩人の真に求めるものは
この世では叶えられない
エミリの質素な　黒いインク壺は
しとどに濡れた枕の苦しみの泪壺
笛と踊りの祭りは終り　薔薇は散り
ペン先から黒い川が流れ　詩が光る

奇妙なのは
端正すぎるエミリの部屋なのか
歪んでいる詩人の眼差しなのか
それでも
そこからしか
日輪のように
ひろがる孔雀の羽根の

虹は産れない
ひとりは　さみしい
ふたりは　うるさい

ブコウスキーを探して

どろどろの溶岩
が　冷えて蒼く
ごろんとひとつ
在るようなアメリカの作家
チャールズ・ブコースキーが俺は好きだ
大好きなブロッコリーよりも俺は好きだ
無骨で
呑んだくれで
いつも
ここでないどこかへ行くために

女とヤッている
（サルトルのロカンタン的じゃなく）
ヘドを吐いて
女に追い出されて
道端に腰をおろして
煙草をくゆらせていると
スポーツカーが止まって
真っ赤な唇の真っ赤なドレスの女
が　微笑みながら話しかけて来る
「あんた　乗らない？」
「ああ　あんたになら乗ってもいいよ」
「どこまで？」
「エデンまでさ」

姨捨山《おばすてやま》

昔　ニュー・タウン
今　ゴースト・タウン
残酷な春の
光まみれの
キャベツ畑の
キチキチ実の詰った
キャベツを真っ二つ
に切ると　アリの巣のように
迷路が出現する

「夫（妖精48歳）が、犬と散歩に出て三時間戻ってこない」
これは　村井理子さんが
全世界へ発信したツイートです

ありふれた家も
ありふれた人も
ありふれた道も
アッという間に輪郭が崩れ
異形《いぎょう》のものが浮かび上がる

「おや　どちら様で？」
84歳の母親が還暦過ぎた息子に訊《き》く
「修理屋です」
「そう　ご苦労様」

冬の花火

——葱《ねぶか》買ひて枯木の中を帰りけり
鍋の中に
かじかんだ葱や鰍《かじか》に混じって
ふつふつ風味絶佳の
恋が二つ三つ

天明三年師走
死の病いの褥《しとね》に横たわる
与謝蕪村の耳に聞こえてくる
鬼怒川　長柄《ながら》川　隅田川の瀬音　くっきりと

見えてくる花茨の棘

――老が恋わすれんとすればしぐれかな
安永三年にこの句を詠んで六年後
蕪村は　祇園の芸妓小糸に恋する
小糸十七　蕪村六十四
いつしかしらすのあさぼらけ
染みだらけの愚かしい手で
ゆで卵をむくと
つるんと白く小糸の乳房が……

――ぼうたんやしろがねの猫くがねの蝶
女の長い髪が波うっている
春の水のように流れている

男は　虫になって
黄金の蕊の蜜を貪っている
枯れた川の彼岸に放たれる
冬の花火

――埋火やつゐには煮ユる鍋の物
くろがねの鍋が　すっかり冷えて
苦界《くがい》の食い荒らされた鍋の底に
海鼠《なまこ》のような煮凝りが　黒く
恋狂いのなごりのよう

註　全て句は、『蕪村全句集』（おうふう）より引用した。

夏至祭

妖女
淫売
毒婦
あたしに刻印されたこれらの言葉は
少しも恥じることのない女の勲章だ
愛のかけらもなく金持の夫相手に売春している妻より千倍ましだ

夏至になって
熟れすぎた麦畑は
渇き黄昏れてゆく

あたしは　あのひとに身をまかせて
夜の果てまで旅する
緑に煙る美しすぎる山
バチバチ黄金の火の粉が舞い落ちる川
あたしは
空を始源の青に泡立たせる鳥
川を祭りのようにさくら色に発情させる魚

夢か現《うつつ》か分からない場所に
鉄砲が隠されていて　女が
「右手に白いハンカチをやわらかく持ち」※1
警官に曳《ひ》かれてゆく
白い蝶が二羽たわむれるように飛んで
牡丹《ぼうたん》の花につっと止まる

へんな虫が
花を出たり入ったりしている
奇妙な虫に見えたのは
汗まみれの男と女
蠢《うごめ》きながら　ほんのわずか浮いて
苦しげに睦び合っている
長く黒い女の髪が
初夏《はつなつ》の風にからまる
喃語《なんご》が声明《しょうみょう》に変わる

夜明けは　かならずやってくる
野原の果てにも
日が昇ると
栃木刑務所の黒い鉄格子

が　赤あかと照らされて
灰色の壁に　寝汗のように
「定吉《さだよし》二人きり」※2
の血濡れの文字が　滲んで浮かぶ
一色《ひといろ》の虹のように　きっぱりと
定には　何の後悔もない
今生《こんじょう》であれ来世であれ
愛も自由も一物《いちもつ》も
欲しいものは全て手に入れたから

阿部定《あべさだ》
別名
吉井昌子
田中加代

アベ・（サダ）マリア

※1　福中都生子《ふくなかともこ》「阿部定の白いハンカチ」（『女はみんな花だから』〈あすなろ社〉所収）

※2　前坂俊之編『阿部定手記』（中公文庫）

Ⅳ

千羽鶴

一羽
二羽
三羽
……
百羽
……
千羽そろっても
翔び立てない鶴がいる
たとえば　折り紙の

赤い鶴は　血まみれの兵士
銀の鶴は　逆さまに土に埋められた民間人
片足は　ぴんと天を指して
片足は　ねじ曲がって地の矢印のようだ

そして　どこまで行っても
鶴の舞い降りる湖沼は無く
ツルハシは土に突き刺さった
まま虚しく錆びてゆくウクライナ

かつて　遙かなウクライナの学校で
川端康成の「千羽鶴」の授業を見学した
時の日本人としての誇りと昂《たかぶ》りを
元ウクライナ大使のM氏は Youtube で語る

とげ抜き地蔵から
ドラッグストアに寄り　道路警備の仕事で
血まみれの心でお腹の痛み止めの薬を買う
耕して耕して天に至る日本の棚田
は荒れ果ててあおあおと草木が繁るばかり
それでも　秋になると
枯れかかったセイタカアワダチソウ
の蒼穹を白く泡立たせて
紅旗征戎《こうきせいじゅう》吾《わ》が事に非《あら》ずと
たつきの煙りに染まって
鶴が渡来する
はるかな場所からやって来て
何故か懐しさにわたしたちの胸を熱くする

鶴
遠く　戦火に
翼をひろげて
十字
その千年の
祈り

長い雨と短い生

耳をすますと
外は　鬱陶しい夜の雨
アスファルトの道路の凹みに溜った水
が　薄い膜をなしてその上を
ほんのわずか浮きながら
車が疾走していく
ぼくらの言葉も
浮きながらポップコーンのように跳ねて

「プーチンは悪だ　悪魔だ」

と　あなたは　アンドロイドのように
きれいな顔で言う
「ひどい目にあってる
ウクライナ人を助けるために募金するの」

そうして
その募金で　ウクライナは
武器や弾薬を買って人殺しする
人殺しに加担しているあなたは
「悪だ　悪魔だ」

長雨の夜の
不眠症の夢に
瓦礫の街が現れて

ドローンが飛び廻って
銃弾に倒れた兵士の胸が
血で染まってアベルとカインの兄弟殺しの
赤い薔薇の花が
さいげんなく
咲いていく
夢の垣根
を越え
て血
を
流
し

オオムラサキツユクサ

夜来の雨が上がって
しずくをいっぱい溜めて
朝日に濡れている
オオムラサキツユクサよ
夏の大病院のひややかな一室で
酸素吸入のマスクを着けて
涙を浮かべながら息絶えた
乳癌で死んだ私《わたし》の妻のように　おまえは
純粋にじゅんすいになってゆく
危うさにすきとおってゆく

人は行き
旅に倒れ
神のようなバクテリアに分解されて
肉が溶けだし
死がむきだし
思えば
死は　生れた時から
すくすくと成長して
やがて全き風姿をあらわす
老いた私の眼にうつる露は　天上の
大海原のウルトラマリンを写す

おお　オオムラサキツユクサよ

生きて在る栄光と悲惨よ
夏のなみだよ
光れ！

夢一夜

うまいトマトには
つるんとした先端に
星がある

私《わたし》がまさぐる
妻の乳房の先っぽにも
あたたかい星があって

それが
Cancer

蟹座になって
乳癌になって
妻は　亡くなった

じりじりの油照りに
妻の死にくらくらする日
妻の手は　冷やしトマトのようだ
棺桶から青畳へ　しとしと漏れた
死の沁みは　妄執《もうしゅう》のように
拭っても拭っても　消えず

初七日も過ぎ
深夜になると
あの畳の下から　白く手が伸びて

抉《えぐ》り取られた妻の左の乳房の暗い部屋に生《は》えた
ヤマユリが　花ひらく
心持首を傾けた花びら
から　したたかに鼻の骨にこたえる
ほど誇らしく匂う
一瞬
は
永遠

金魚の空

私《わたし》の庭の土の中に
金魚が埋められている
あいつは　生きているうちから
腹を上にして死んだふりをしていた
水槽を私が指で叩くと
やおら起きて泳ぎだす
或る朝　ぷっくり膨らんだ　白金の腹
を輝かせてあっけらかんと死んでいた

金魚が眠っている庭に植えた

金魚草の花が咲いている
熱風が吹くと
赤く炎をぽっぽと滾《たぎ》らせて
一匹ゆらりと青空へ泳ぎだした
金魚は　赤い振袖をゆらゆらさせて
四角い窓の脂粉の遊女のように
身をくねらせて遠去かりながら
あやしく私を誘う
ああ　いつもここよりあそこに
あこがれていたんだね

車の通りも絶えた夜になれば
不眠症の浅い夢に
私は金魚と一つになって

街並のあざとさ
人を騙す希望の灯りなど見ずに
さかしまに死んだふりしながら
濃密な闇の空の川を流れてゆく
赤く尾鰭をひらひら閃かせて
苦しみを黄金のくるめきに変えて

槿花

戒名というのは
わたしはオシャカ様の弟子です
という証《あかし》であるから
生きているうちに付けることにする
槿花蒼風居士《きんかそうふうこじ》
という戒名にしよう

槿花——朝顔のことである
朝《あした》に咲き夕べにしぼむ
儚いものであるが

仮りに百年生きたとしても
宇宙にくらべたら
一刻か
寸秒夢

兼好法師が述べている
長生きすれば恥多し　と
そう　うそぶきながら
短命の時代に六十八年生きたしたたかさ
ケンコウ　ケッコー　コケコッコー

迫り来る台風の雨に打たれて
紫紺の朝顔が深く目覚めて鮮やかだ
その色は

栄光の色？
破滅の色？

「春望」の杜甫のように嘆くことはない
何も考えずトボトボ坂道を歩くだけだ
しののめの白い闇をふるわせて　鶏が
朝日の赤いチューブを絞り出している
下りきるまでには摑めるだろう
虹を一房

V

蓮根譚

蓮根について、知らない人は、ほとんどいないだろう。だが、あの円い棒状の穴の中に、夜ふけの放屁のような、淋しく滑稽なものが、詰っていることを、知っている人は、あまり居ないだろう。

次に記《しる》すのは、家人に会社へ行くと告げたまま、謎の失踪を遂げた友人から、わたし宛に送られて来た、「蓮根村見聞録」のノートの抜粋である。

「蓮根村は、地図には無い。これも、地図には存在しない、肉切包丁峠と呼ばれる、険しい悪路を越えた、山奥にある。わたしが、休日に散歩していた、朽ちかけた寺院の片隅で、たまたま出会った老婆から教わったのだ。ただ詳しい事を訊こうとすると、はぐらかされてしまい、道順を教えてもらったにすぎない。それでも訪ねてみようと思ったのは、蓮の花が、ひどく美しいことに惹《ひ》かれたからだ。いや、ただ逃亡したかったからかもしれない。

老女は、ひどく足が悪く、車椅子に乗って、自力でその辺をぶらぶらしているらしい。顔には、深い皺が、干からびた轍《わだち》のように刻み付けられていた。それは、老齢のためばかりでなく、幾度となく泥の河を渡るような、苦渋に満ちた来歴に依《よ》るものらしい。発作的に咳こむことがあるのは、水に漬っての作業のせいらしかった。

沼沢地帯にある蓮根村は、米作りに適さず、昔から蓮根作りを、なりわいとして来た。お盆の頃には、窪んだ地形の村に、蓮の花が咲き乱れ、山からの青嵐に煽《あお》られると、うす紅の妖しい雲を生じさせる。蓮池のはずれ、青葉の山の奥から、くぐもって聞こえてくる、南無阿弥陀佛なむあみだぶつ。秋風が吹いて、太陽が次第に痩せ細り、冬になると、蓮は枯れ、残るのは、黒い茎の、線香の、億万本だ。

すると、村の人人は、総出で、蓮池に浮かべた舟を、巧みに操りながら、痺《しび》れる程冷たい泥水に、どっぷり腰まで漬かり、暗い水へ手を差し入れて、ねんごろに泥とまぐわうようにまさぐり、蓮根を掘り出す。労働は、夜明けから日暮れまで続く。舟の上に、泥まみれの蓮根の山が出来ると、家に運ばれ、六根清浄ろっこんしょうじょうと唄いながら、清水で丁重《ていちょう》に洗われる。

この村には、葬式が無い。その理由を、外の便所へ小便垂れに行った、満月の深夜に知った。この村の老人は、おのれの死期を夢で知ると、独りで、産れたままの無垢な姿で、村はずれの佛生池《ぶっしょういけ》へ入水《じゅすい》する。利己心でなく、利他心のゆえに殉《じゅん》じるのだ。やがて、肉は腐って栄養となり、この世にない、美しい蓮の花を咲かせる。不思議にも、白い骨は、いくつもの節のある、蓮根へと化するのだ……」

友人とは、それっきり、音信不通だ。遠い山間《やまあい》の精神病院にいる、という噂を、耳にしたことはある。川べりの公園の、ホームレスの群れの中に、見かけたという知人もいる。いずれにしろ、友人の行方は、杳《よう》として分らない。この友人とは、地図に在った道が、突如水中へ消失してしまったり、地図には無かった道が、忽然《こつぜん》と虹のように出現した経験のある、わたし或いはあなたかも知れないのだ。

黄金風景

たたなづく棚田の畦《あぜ》に、老婆と老爺が、静かに坐っている。枯木に、灰色の帯が、干してあって、蒼ざめている。よく見れば、蛇の抜け殻が、木に這うように懸っていて、その頭が、白い雲の端に溶けている。

春は、光の馬車に乗ってやってくる。峠の道祖神の、男と女が、苦しげに歓びに軀《からだ》をよじりながら、目交《まぐわ》っている。梅が咲いて、的皪《てきれき》と輝いている。経読鳥の、翡翠の鳴き声が、萌えいずる若葉の谿を深うして、ひねもす長閑《のどか》な時が、水飴のように溶けて伸びてゆく。

赤錆の虚しく沈殿している田圃で、虫けらのごとく這いずり回った百姓が、種籾《たねもみ》まで喰い潰した貧窮《ひんきゅう》の果てに、木で首をくくって、みのむしのように冷たく風に吹かれていたふたりが、紫の雲のたたなづく棚田の畦で、春陽を浴びて、微笑んでいる。いかさまのこの世を、さかさまにして。

秋の日が沈みゆくひととき、明るく透徹した極みの日射しが、しぐれるように暗い山膚に降りそそぐと、いずれかたちもなく朽《く》ちて玄となる落葉が、あまさず光を吸い取って、汚辱にまみれたこの世を黄金にかがやかす。

どこかで、釣瓶落《つるべお》としの光芒《こうぼう》のなかで、チチヨ、乳ヨと泣く声が（みのむしなのか）、ひとしきりした。その後は、あやめもわからぬ闇が、黄泉比良《よもつひら》坂《さか》から、霧のように這ってくる。

穴

ここは、私《わたし》が辿り着くべくしてたどりついた、終《つい》の栖《すみか》なのかもしれない。ここは、雪国の、山間《やまあい》の貧しい宿の一室である。さまざまな土地を旅して、漂泊の果てに、深い眩暈《めまい》とともに立ち寄った、この世で一番寒い場所である。ぽつんと一つ、裸電球が灯っている。ほつれた畳が、郷愁で、紫に毛ば立っている。思えば、雪国というのは、美しくも怖しい国だ。ガス管を銜《くわ》えて、国境のトンネルのような穴の向うに、ユートピアを探しに行って、二度と帰らなかった作家もいる。千羽鶴を残して。

これは、私が、まだ少年だった、遙か昔のことだ。私には、弟がいた。弟は、ひどく病弱なせいで、両親ばかりか、祖母にも溺愛されていた。貧しい農家で、敗戦後まもない当時、とても高価であった卵を、私は、口にすることが出来なかった。白く光り輝く卵を、弟は、滋養のためとは言え、毎朝惜《お》しげもなく食べていた。それが、私には、しんじつ妬《ねた》ましかった。死ネバイイ、死ネバ私ガ喰エルノニ、と憎しみを募《つの》らせた。

ひどく雪が降った、次の晴れた朝のことだ。学校は、休みだった。私は、弟を無理に雪遊びに誘い出した。川の土手は、一面雪に覆われて、無垢の光に満ちていた。私達は、雪合戦を始めた。弟が、手がかじかんで、雪を丸めるのに手間どっている隙《すき》に、そっと近づくと、私は、至近距離から弟の頭めがけて、石をくるんだ雪の礫を、力のかぎり投げつけた。不意撃ちをくらった弟は、驚愕《きょうがく》の表情で、天を仰いで、雪原へ倒れた。——どのくらい時間が経ったのだろうか、よく分らない。ぼんやりと薄靄の張りついた、硬直しはじめた弟を、ずるずると引き摺って川辺に辿《たど》り着くと、黝《あおぐろ》い流れへ押し込んだ。その後の事は、よく記憶していない。

私が、行商をしている剃刀は、一挺も売れずに、セピア色の箱に納まっている。それは、もはや剃刀などではなく、何かの幻化《げんげ》なのかもしれない。生きるとは、塩水を飲まされることだ。それで、ひとときの喉の渇きが癒されたとしても、その後さっきよりひどい渇きに、のたうち回ることになる。私の剃刀が赤いのは、錆のせいなどではない。熱病に浮かされて、私は、弱い老人を、若い女を、時には赤子まで殺《あや》めた。生きるために、大切な命を犠牲にした。そうして生き延びて来た。あの、喉を掻っ切った時の流血で、私の剃刀は、今でも赤く濡れているのだ。

――雪国の宿の、奥まった場所の太い柱には、太く深い穴が、穿《うが》たれている。ちょうど太い釘を引き抜いたような穴が。たしか、昔、ゴルゴダの丘にも、桀《はりつけ》の柱があって、深い穴が開いていたらしい。いま、部屋の柱の穴から、ピカソの「ゲルニカ」のような裸電球に照らされて、ひっきりなしに雪が吹きつけてくる。あの、少年の日に、雪にまみれた弟の死体を、大地から掬《すく》い上げようとした時の、途轍《とてつ》もない重さを、つくづく思う。あの、罪障の重さよ。あの、いつ果てるとも知れない苦役と倦怠よ。

ああ、眠くなる。何十年も罰としての不眠を託《かこ》っていた私に、やっと齎《もたら》された安眠。何も畏れることはない。いや、それどころか、死は、歓びでさえある。これから、あの作家のように遠い国へ行って、弟と握手し、抱擁するのだ。雪は、すべてを許してくれるだろう。この、安らかな眠りは、その証しなのだから。雪は、白い卵のように、果てしなく降ってくる。

運河

わが家は、代代、古びた運河のほとりに、鮒の甘露煮の店を営んでいる。店の玄関の上には、いかづちの屋号と、大きな黒い魚に跨《また》がった人間を象《かたど》った、金色に波うつ、看板がある。その魚には、手足が有って、虚《うつ》けた人間には、顔が無い。

世間は、阿呆乃蜜苦巣《アホノミクス》とかで、ひどく景気がいい。「どうせこの世は猿芝居」という唄が流行《はや》った、いっぱしの料理人気どりの歌手が、わが家の鮒の甘露煮を、「鮒の身がほどよく締って、嚙めば嚙むほど口中に、甘露が豊かに沁みわたって、苦難と苦渋に満ちた人生を忘却《ぼうきゃく》させ、しばし至福の夢芝居」と、SNSで褒《ほ》めちぎったものだから、店は、連日長蛇の列だ。

これは、秘密だが、運河に棲む人人は、皆知っている。真夜中に、役場の、「幸福の黄色い車」がやって来て、二、三人して、ずしりと重いプラスチックの箱を、次次運び出しては、中身を運河へ投げ入れる事を。箱の中には、得体の知れない肉片や、どうしようもなくどろりと糜爛《びらん》した臓物が、詰っている事を。

この運河のほとりには、一年中、桜が咲いては散り、散っては咲いている。金は腐るほど有っても、私《わたし》には、買いたい物が、あまり無い。仕事の終りに、運河に舟を浮かべ、冷奴など箸でつまみながら、酒を呑むのが、唯一の楽しみだ。中国武陵源の霊酒「胡蝶」が、喉をとおると、たちまち盃に雲海と奇巌青松が湧いてくる。

私は、冷たく別れていった女を、一生愛しているほど無器用な男だから、絹豆腐の、白くつやかな膚に、あの女の膚を重ね合わせて、酒をすすっていると、妖しく気分が高揚してくる。

はらはらと花びらが、舟の中にも、提灯に紅く照らされた水面にも、散ってゆく。すると、舟端近く、ひとところ黒く水が盛り上がって、あれがやってくる。黒くゆらゆら揺れる水の中へ、手を差し延べると、私は、舟の中へ鮒を掬い上げる。鮒は、みるみる大きくなって、ぬめぬめしたその軀が、おびただしく降ってくる花びらにまみれると、桜色に上気した、若い女の肢体に変貌する。あの、冷たく別れていった女に、化するのだ。

私が、白くつややかな女を抱きしめると、女は、歓喜とも苦悩ともつかぬ表情のまま、大きく口をぱくぱくさせる。ふたりのからだは、春のやわらかい闇に溶ける。私は、割れめからしみだした水に舌を濡らし、花ざかりの森をさまようのだ……。

気がつけば、私は、枯れた桜の根本に、安酒の匂いをぷんぷんさせて、暴力を振るったか、振るわれたかして、血まみれの頭陀袋《ずだぶくろ》のように、うずくまっている。滑稽にも、棒のような物を握りしめているのだ。一生を棒に振って、何もかもがうまくいかなくなると、こんな莫迦《ばか》げた夢を見るのだ。

さざれ石

草いきれが、青臭く匂う山裾を抜けて、しばらくゆるい傾斜を登っていった時だ。はねのけた枝の先の青空に、黒黒と巌《いわお》が浮いている、そうして呻《うめ》いている。最初発見した時、恐怖におののきながら、私《わたし》は、そう思った。まじまじと見れば、黒い土に汚れたもんぺを履いた地下足袋の女が、首を縄でくくって、木にぶらさがっている。私の、小学校の夏休み中の話だ。

あの地下足袋の女は、姑にいじめ抜かれた末の自殺だった。石女《うまずめ》である女は、舅《しゅうと》姑《しゅうとめ》に疎《うと》まれ、子供が産れないことを、彼らからしじゅう罵《ののし》られていた。

あの時、すでに腐敗の始まっていたあの女のまわりに、うるさく飛び交っていた、まるまる太った銀蝿が、四十年経っても生きていて、悪夢のように私にささやく。「あんたが首に締めているネクタイが、いつでもネクタイだと思うのは、間違いだ。あんたの歩んでいる道が、突然一本の縄に変化《へんげ》して、あんたの首に絡まり、きりきり喰い込んで、あんたが木にぶらさがる日まで、あんたはネクタイを締めて、死ぬ練習をしているのさ」。

熱風が吹く。くらくらする。白く、道が、ずっと遠くまで続く。淋しい電柱の影が、十字に交わっている。私は、迷路の街を、カバンを片手にぶら下げて、玄関のブザーを鳴らしては、何かを売ろうとしている。虚無と倦怠。ドアを開けて、また、中へ入ってゆく。

すでに、私には、分っている。カバンの中に、私の血が、パック詰めされていることを。くたくたになって、影の十字架を背負って、売れないと、肩から下げたカバンが、突然ずしりと重くなる。そうして、しまいには、カバンの中の血が、黒く凝固して、さざれ石が叫ぶのだ――。

死の家

夜の川は、水無川だ。人間の腸《はらわた》を引き摺り出したように、くねくねとぬめりを帯びて闇より深く濃く拡がって、虚無の時間だけが、あっけらかんと通り過ぎる。ひりひりするほど渇いた川床には、魚もいなければ、魚をすなどる鳥もいない。水が無いのは、至極当然だ。水が、ここに留まろうとすることは、辛酸を舐めることになるからだ。

しらじらと夜が明けると、川も鵲橋《かささぎばし》も、きれいさっぱり消えている。廃屋の、冬ざれの庭に、赤錆びたバケツが、一つ転がっていて、穴の開いた底は、青空へと通じている。空っ風の吹きまどう空には、鴉どもが、風の礫に殴られ、押し流されながらも旋回し、凝集し、鳴き交わし、暗黒のモザイク模様の円環を成す。この、乾びた、禍禍《まがまが》しい声が、ありありと死の家の在処《ありか》を告げるのだ。

このあたりは、地中深く、石材を切り出した穴が、縦横無尽に走っていて、おのずから迷路を形造っている。この膨大な空洞は、人間の欲望の巨大さと虚しさを、はからずも表現している。大地震があれば、いつ地面が陥没して、奈落に引き摺り込まれるかも知れない。あの、赤錆のバケツの穴からは、今日も、恐怖が、潺湲《せんかん》と流れている。

この家は、行人《こうじん》には、在っても無い家だ。これでも、昔は、家族が住み、休日には、緑の芝生に、バーベキューの煙が立ち昇り、笑い声が、森までこだましたものだ。子供達は、大きくなって、遠くへ行った。妻は、もっともっと遠くへ行った。

老いて、おかしくなった妻を、介護に疲れてぼろぼろになった夫が、刺し殺した。狂気なのか、至上の愛なのか、誰にも分らない。夫は、死のうとして死にきれず、今も、暗い森をさまよっている。

狂乱した妻が、夫の所蔵する油絵を、かつて夫を奪った愛人の肖像と錯覚して、地面に打ち捨てた。その「マチルダ」は、妖艶な顔が、破れたまま、雨風に晒されている。

この孤独な庭の隅に、サフランが、さんらんと咲いている。秋風に妖しくさすらう、この花は、化体となった今では、根にたっぷり毒を溜めて、真澄みの空へ、奇《く》しくも紫水晶の炎をくゆらす。

そうして、何処かの、誰かの悪夢に、狂気と錯乱のサフランとも言うべき妻が、常世《とこよ》のイザナミのように、目鼻の区別もつかぬ、すさまじい腐乱死体となって、雷《いかずち》走る一瞬、もぞもぞ動く蛆虫とともに、浮かび上がるのだ。

さびれた庭の、夫の慈しみ育てた盆栽の、はつかに白雲の這っている、暗緑色の松と、灰色の虫喰いだらけの巌《いわお》の間《あわい》から、呻《うめ》き声とも泣き声ともつかぬ、低くくぐもった人声が、ときどき、かすかに漏れてくる。その他は、どこまでも明るい、虚無の空が、ひろがっている、滅びの栄光の、黄金風景の、人生の秋である。

どこへ旅してもいいが、忘れてならないのは、常に監視されているということだ。そう、わたしも、あなたも、罪なき囚人というわけだ。スマホの、Googleのぐるぐる廻る渦巻は、謎《エニグマ》であり、他者の眼のシンボルなのだ。ネットから際限なく流れる、カイテキな音楽や映像は、見たくない瓦礫の市街地や放射能汚染地帯を、隠蔽するためだ。それらは、一生を豚として生きるための、食糧なのだ。

ホテルに入る。砂漠のような灰色の部屋の、四方に張りめぐらされた鏡の中では、わたしそっくりの人間が、汗まみれになって、女と絡み合っている。二つの影が、一つになる。男の秘められたナイフが、暴力的に、肉を切り裂き、しだいに怒りは柔らかくなって、灼熱の太陽に溶ける。ゴーギャンのタヒチの絵。われわれは何処から来たのかわれわれは何者かわれわれは何処へ行くのか。偽りの楽園の汗に汚れた軀は、入れ子細工のように、奥へ奥へと連続して、小さくなって消える。永遠への逃走。

世の中には、部屋に籠城して、管理に抵抗する若者もいる。彼らは、ヒキコモリの蔑称《べっしょう》で呼ばれ、社会的に空無化される。仲間内でash（灰）と呼ばれる彼らは、自動小銃を手にし、手榴弾を腰に帯び、或る者は、ロケットランチャーまで持って、時空間を移動して、敵と闘う。失敗すれば、敵のドローンに発見され、ミサイルで木っ端微塵にされ、死んでは甦る。死ねないという、何と言うおぞましさ。再び、彼らは、嘆きの壁を越え、死の谷を進軍し、半ば狂いながら発砲し、雄叫びを上げる……。

わたしの乗った電車の、降りる駅が、近づく。車窓に、季節のない街の、高く聳《そび》え立つ灰色の城が、ぐんぐん迫ってくる。いくら入ろうとしても、周りをぐるぐる廻るだけで、立ち入れない城が。城を中心として、電車は環状に走っていて、あなたも、わたしも、城からいつでも監視されている。城の内部は、空虚であり、巨大なコンピューターがあるだけだ、という都市伝説もあるが。

真実を知った者は、夜明けの路上に、死体となって、見せしめのため、放置される。人工衛星からは、きっと・《くろまる》に見えるはずだ。胎児の形に丸まって、焼け焦げているのだから。

あとがき或いは男と女と観覧車

今年の夏は、ひどく暑い。炎天へ、油蟬がカーポートの屋根や電柱に、ぶつかりぶつかり鳴き声の金《きん》の油を垂れ流して消えた。それを傍観していたら、中南米の作家ガルシア・マルケスの小説を思い出した。老いぼれた天使が、窓から出ようと、大きな羽根をバタバタぶつけて、悪戦苦闘し、しまいには、窓を破壊して、ぶざまな格好で、青空へ飛び去ってゆく話だ。いつでも、大きな世界へ行くには、痛みがともなう。

＊

嵐が吹き荒れた日の、夜には、ひとりの部屋へ行く。電球に照らされた部屋の隅の薄闇が、溶け出して、黒くこごると、黒猫が現れる。長男が連れて来た、極寒の富士山麓を生き抜いた、野生化した猫だ。はじめは、私《わたし》をとても警戒していたが、現在では、なれて私に頭をなでさせるに至った。猫は近寄ってくると、桃色のやすりのような舌で、私の胸の皮膚が、十字に裂けて、血がたらたら垂れているのを、きれいにこそげるように舐めてくれる。黒猫は、私の眼をじっと見て、マグダラのマリアのようにささやく。クルシミナンテマボロシヨ。モシアルナラ、ココニダシテミナサイヨ。

＊

喉が渇くと、黒猫は、青葉繁れる睡蓮の水甕へ首を突っ込む。あの桃色の舌を巻き上げ、ぴちゃぴちゃ音を立てて、ごくごく水を飲む。沈殿した泥水の上澄みを。ああ、モネの「睡蓮」の、老いの暗がりよ。水は、黝《あおぐろ》くとぐろを巻き、夜明けなのか、黄昏なのか、判然としない。そのまどろみの、オルフェの闇に睡蓮は芽ぐみ、あかつきに水平線と十字に交わる。そうして、彗星のように白く光の尾をふるわせる。遠くから来て、近くに儚く咲く。

＊

炎昼に、田の草取りをしながら、ロダンの「考える人」のように、地獄について考える。その昔、父や母が、ザザザーザザザーと、稲と稲の間を、手押し車を押していた。酸素を送り込み、活着を良くするためだ。その父も母も、今は、遠くて近い、冥府のひとだ。

＊

田圃の遥か向うに、陽炎に揺れる、鉄筋コンクリート。（おお、「虫！　鉄筋コンクリートといふ言葉が、秘密に表象してゐる謎の意味は、実にその単純なイメーヂにすぎなかつたのだ。」と書く萩原朔太郎よ）。二階建ての、灰色のしみがある、未完成の、荒野のような、首縊《くく》りの家だ。セザンヌの絵の、「首吊りの家」は、本当はそんな自死などなく、何かの表象らしい。しかし、私が見ている家は、私の同級生の大工だった男親が、建設途中の、屋上の斜めに立て掛けた、梯子に垂らした縄で、汚物まみれのまま死んだ家だ。その家が、青空を歪ませて、光っている。

＊

田の草取りしている私の傍を、農道を、隣家の強欲婆が、通り過ぎる。「おや、まあ、よく育ってること！　イネだか雑草だか、わかんねえ」。いつか、屋敷の境界線のことで、勝手に変えたと怒鳴り込んで来た、イカレタ寡婦だ。家屋敷はおろか田地田畑まで、あの世へ持っていくつもりの女だ。子や子の嫁からも忌避《きひ》されて、広い家に一人で住んでいる女王様だ。

＊

いつだったか、サトイモの葉のあおあおと繋っている畑で、女王様は話していた。影の人とふたりで。

「はやく、還りてえ」

「家は、すぐそこにあるじゃないですか」

「いや、あの世へ、だっぺな」

「ずいぶん遠い所へ⁉」

「ナニ、すぐそこだっぺな」

＊

ナナフシ。カマキリ。カメレオン。擬態する生き物。某コンビニに入って、便器に坐ったら、擬音のせせらぎが流れた。奥入瀬渓流のせせらぎとは、似て非なるものだ。自由も開放感も、まるでない。ハヤクカッテ、サッサトデロ！　このせせらぎは、せっかちに叫ぶ。殺伐の気が、充満している、資本主義のせせらぎだ。分ったよ。これから、私は、ひとに会いに行く。ひとのふりをして。秋風に吹かれて。

＊

いつの日だったか、枯れた花を求めて、枯野を散歩していた時だ。ガサガサ枯草の繁みを揺らして、ぬっと獰猛《どうもう》な犬が現れた。線香の匂いがした。地獄の番犬ケルベロスのような犬が、艶消しの真っ黒い毛に、イノコヅチをびっしり付けていた。死の棘のようだ。すぐ取れる棘ばかりではない。魂の温泉へ癒しを求めて、人びとは、さまよう。目はあっても見えていず、耳はあっても聞こえていず、真実から遠ざけられた人びとが。

＊

出口は、たくさんある。入口は、たった一つしかないのに。スミレ。スイセン。コスモス。ホウセンカ。イヌノフグリ……。詩人の庭の、さまざまな季節の、さまざまな花の、部屋を連結して、ふわりゆらりと観覧車が、廻ってゆく。恋も、青春も、遠くなってゆく。木枯らしが吹く。今、男体山は、しろがねの屏風だ。ちぢみほうれんそうの、断崖。ちりちりちぢむ切干のごとき、関東平野の陋屋《ろうおく》。終《つい》の住処《すみか》の、草の家。そのうち、桜の雨が降る。涙の橋を、濡らして。雨だれが、血の疼きのように聞こえてくる。いずれ闇へ消えてゆく、私。煌煌と照らされて、枯木のごとき軀を衆目に晒して、あまつさえ羽根を毟《むし》り取られて。

蓮根譚

二〇二三年六月二五日　発行

著　者　細島裕次

発行者　知念　明子
発行所　七　月　堂
〒一五四—〇〇二一　東京都世田谷区豪徳寺一丁目—二—七
電話　〇三・六八〇四・四七八八
FAX　〇三・六八〇四・四七八七

装　幀　菊井崇史
印　刷　タイヨー美術印刷
製　本　あいずみ製本所

Printed in Japan
ISBN978-4-87944-531-5 C0092